Este libro pertenece a

_____

Para Josiah,
que sabe cuidar y conservar
las cosas irreales

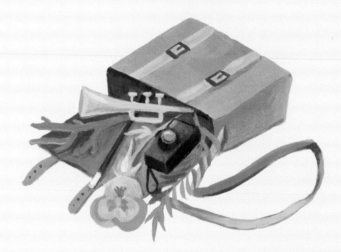

Puedes consultar nuestro catálogo en www.picarona.net

SOÑADORES

Texto e ilustraciones: *Emily Winfield Martin*

1.ª edición: noviembre de 2017

Título original: *Day Dreamers*

Traducción: *Joana Delgado*
Maquetación: *Isabel Estrada*
Corrección: *Sara Moreno*

Edita: Picarona, sello infantil de Ediciones Obelisco, S. L.
Collita, 23-25. Pol. Ind. Molí de la Bastida
08191 Rubí - Barcelona - España
Tel. 93 309 85 25 - Fax 93 309 85 23
E-mail: picarona@picarona.net

ISBN: 978-84-9145-105-1
Depósito Legal: B-19.399-2017

Printed in Spain

Impreso en España por ANMAN, Gràfiques del Vallès, S. L.
C/ Llobateres, 16-18, Tallers 7 - Nau 10, Polígon Industrial Santiga
08210 - Barberà del Vallès (Barcelona)

Soñadores

Un viaje a la imaginación

Emily Winfield Martin

 Picarona

*D*icen que ya no quedan dragones,
y según parece eso es cierto.
Para encontrarlos deberás ir
al lejano país de soñar despierto.

No tienes que buscar puertas secretas
ni palabras mágicas has de pronunciar,
pues tu imaginación solita te llevará

a cualquier lugar
que quieras visitar…

Y el mundo más común de los comunes
nunca podrá adivinar dónde te has ido,

no podrá atrapar tu errante y curioso corazón
que hacia otros mundos se siente atraído.

O puede que esos mundos
hacia ti vengan, escondidos
tras un sorprendente disfraz,
¿es el viento que viene a jugar?

¿O un dragón que sabe volar?

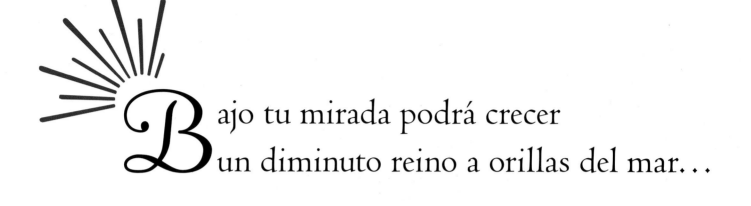

Bajo tu mirada podrá crecer
un diminuto reino a orillas del mar…

...y criaturas antiguas como el océano
bellas mágicas olas cabalgarán.

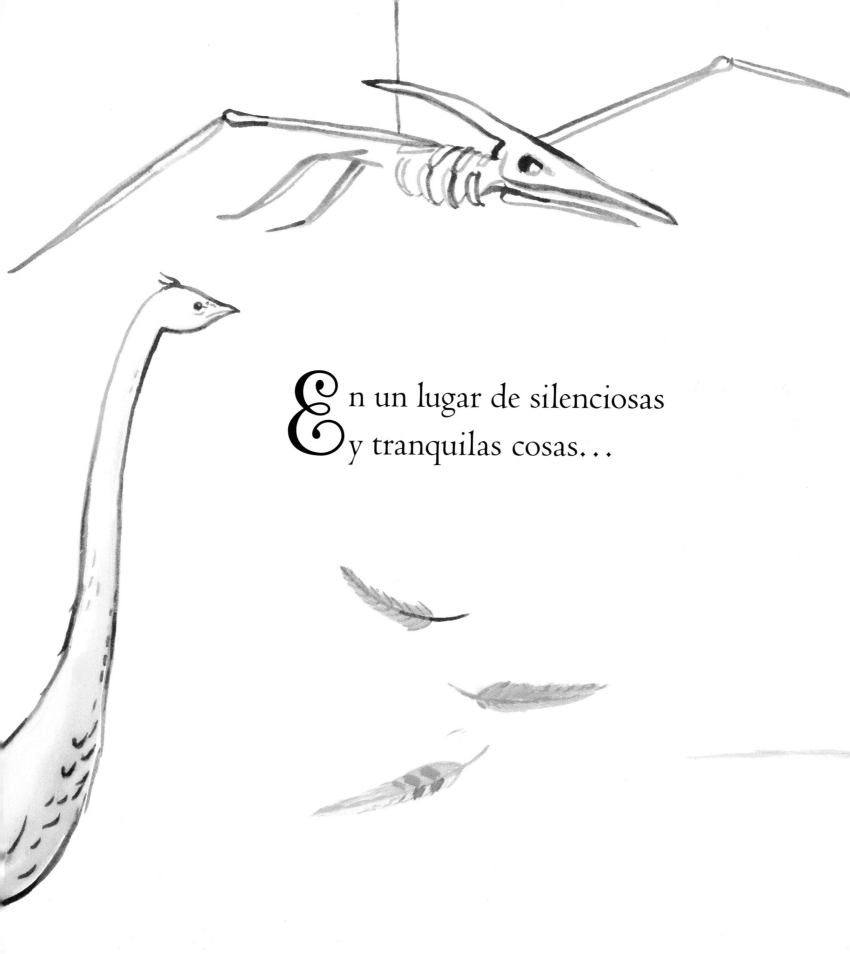

En un lugar de silenciosas y tranquilas cosas…

...la llamada de un ave fénix
podrás escuchar.

O entre el repiqueteo de la lluvia al caer...

...un mítico lebrílope puede aparecer.

En un salón de piedras y ecos,
tras una esquina doblar...,

... dos amigas valerosas
sobre veloces unicornios cabalgarán.

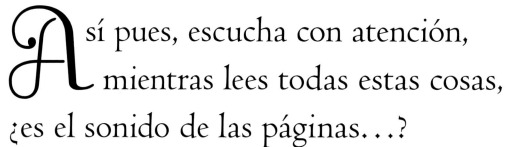

Así pues, escucha con atención,
mientras lees todas estas cosas,
¿es el sonido de las páginas…?

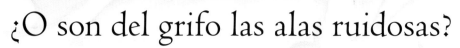

¿O son del grifo las alas ruidosas?

Y cuando de allí te vayas, aprenderás
lo que saben ya todos los soñadores:
estás dejando el reino de las criaturas mágicas,
pero todas esperan tu regreso de mil amores.

5